LE
NOUVEL ÉVÊQUE

EN BOUTS-RIMÉS

VIEUX PARCHEMIN DU MOYEN AGE

TRADUIT DU LATIN

PAR

JEAN BONHOMME

« Il corrige en riant. »

PARIS

LIBRAIRIE LEDOYEN,

PALAIS-ROYAL, GALERIE D'ORLÉANS, 31.

Et chez les principaux libraires des départements de la Lorraine.

1856

LE
NOUVEL ÉVÊQUE

EN BOUTS-RIMÉS.

1856

AVERTISSEMENT.

Je prie le lecteur de croire à mon *nom*, et de ne me prêter aucune intention peu charitable. Tout petit que je suis, je croirais m'abaisser de beaucoup, en m'attachant à la poursuite d'un homme quel qu'il soit. Peindre un caractère, et *non une individualité*, sous une forme de fantaisie, signaler des abus, ridiculiser les travers et les vices, sans acception de personne, *corriger en riant*, voilà ce que je me suis uniquement proposé. Avec cette différence sans doute qu'elle est moins malicieuse, moins spirituelle, et que l'auteur n'a point visé à faire de la poésie, c'est là une de ces pièces, comme il en paraissait sous Louis XIV ; et le public sensé ne s'en est jamais scandalisé, parce qu'il en comprenait le noble but.

Ce but, Jean Bonhomme l'a-t-il quelque peu atteint ? C'est au lecteur d'en juger.

LE NOUVEL ÉVÊQUE

Oui, ne vous en déplaise, oui, mitré me voilà !
Et tout le monde dit : *d'où vient l'Évêque là ?*
Comme tous les enfants qui sont nés sur la terre,
Je suis fils de mon père, et surtout de ma mère.
Ma vie, y tenez-vous ? Je m'en vais vous la dire.
En vers ? en prose ? non ; sans guitare et sans lyre :
Un jour papa me dit : il te faut un métier.
Choisis : sinon curé, comme moi cordonnier.

J'avais la vocation :
Et sans hésitation,
Préférant l'encensoir, et le saint bénitier
A l'art trop méprisé de faire le soulier,
J'endossai la soutane, et fus petit abbé
Gracieux, dameret, bouclé, pincé, musqué,
Qui sut en commençant se bien faire valoir
Par ses charmants attraits, et son profond savoir.

Favorisé du sort, je devins professeur,
De mon heureuse étoile, ô première lueur !
Mais survint la disgrâce, et pour gagner mon pain
Je fus humble vicaire, aumônier, écrivain.

Avec du savoir faire on peut toujours percer,
Et forcer la faveur à venir nous chercher.
Donc, bientôt de l'exil elle me ramena,
Et curé d'une ville aussitôt me nomma !..

Que ce poste important, au vrai, me convenait ;
Au monde plus que moi nul ne le méritait !
Sur ce terrain nouveau déployant mes talents,
Je fus admiré moins des petits que des grands.
A mon peuple étranger, fier avec le clergé,
Du premier du second, je n'étais pas aimé.
« Voyez donc, disait-on, que ce prêtre est superbe !
» Quels regards méprisants ! quelle parole acerbe !
» Ne sait-il plus le rang auquel il est sorti,
» Et l'état de celui qui jeune l'a nourri ? »

Mais qu'importaient ces cris d'hommes insignifiants,
J'étais loué, vanté des riches, des puissants.
A gagner ces gens-là je mettais tout mon soin,
Les flattant, cajolant, les saluant de loin.
Pour eux que j'étais plein de gentillesse en chaire !
Jamais n'y disant rien qui n'aurait pu leur plaire.

De ce peuple ignorant je n'étais point compris,
Mais du monde doré les sens étaient ravis.

A chacun son plaisir, chacun son élément !
Pourquoi du monde un sombre et triste éloignement ?
J'aimais ces relations, ces divines soirées,
Qui me dédommageaient de l'ennui des journées !
Et puis quel agrément, recevant à mon tour
Les plus jolis chapeaux à toute heure du jour.
Oh ! si vous m'aviez vu dans mes réceptions !
Oh ! si vous m'aviez vu entrant dans les salons !
Marcher légèrement, saluer avec grâce,
Faire d'un élégant la plus belle grimace ;
Complimenter ceux-ci, sourire à celles-là
Et cœtera, et cœtera, et cœtera.....
Bref, de moi je puis dire, à vous parler en somme,
Qu'il fut meilleur curé, mais pas plus galant homme.
Oui j'étais si galant, si galant de tous points,
Oui j'étais si rempli d'attentions et de soins
Qu'en ville des canards circulèrent longtemps,
Qui longue vie auront sans compter leur printemps.
Mais vite sur cela, vite baissons la toile ;
De mystères pareils ne perçons pas le voile.....
Après tout, ces bruits là ne m'empêchèrent pas
Vers mon brillant destin de marcher à grands pas ;
Car le plus sûr moyen d'arriver aux honneurs
Ce n'est point la vertu, le travail, les sueurs.

Voulez-vous parvenir? en voici la recette ;
Elle est simple, facile, elle est clair, elle est nette :
Êtes-vous dédaigneux, vaniteux, arrogants,
Impérieux et durs, écrasants, dominants,
Gardez ce caractère à l'égard des petits !
Mais soyez pour les grands honnêtes et polis,
Complaisants, empressés, prévenants, bien aimables,
Flexibles, doucereux, sur tous les points traitables.
Menez comme il vous plaît tous vos inférieurs !
Mais soyez constamment pour vos supérieurs,
Sinon bas et rampants, du moins obséquieux,
Modestes, sans orgueil, insinuants, mielleux.
Sachez faire pour eux les adroits compliments,
Et brûler, à propos, un petit grain d'encens ;
Et vous aurez le jus sans casser le noyau,
Et vous irez d'un grade à un grade nouveau,
Sans peine, sans labeur, et bien plus sûrement
Qu'en vous montrant des saints, des apôtres vraiment.

Voyez, c'est en suivant ce joli procédé,
Oui, oui, oui, c'est par là que je suis arrivé
A gagner d'un prélat l'entière confiance,
Méritant à ses yeux d'exercer sa puissance ;
Au droit de me compter après lui *le premier*,
Moi, par ma piété, des prêtres le dernier ;
A marcher devant lui ou bien à son côté,
A peu près comme lui, en tous lieux honoré,

Et quand il le fallait, le suppléer partout,
Ne formant avec lui moralement qu'un tout.

Donc, pour en revenir, me voilà Grand Vicaire,
Dans ce rôle majeur, je fus homme d'affaire,
Actif, entreprenant, un esprit inventeur
Qui fit plus d'une chose, et tout avec bonheur.

Au début j'affectai la popularité,
Mais pour jouer ce jeu je n'étais point créé.
En dépit de la main à tout prêtre serrée,
Mon amabilité ne fut jamais aimée.

J'avais une aptitude, une autre inclination :
L'intrigue, ce grand art de la domination.
Oh ! soyez intrigant si vous voulez régner !
Moi, je le fus, voyez si je sus m'élever !

De mon terrible nom le crédit en naissant,
Est déjà redouté, recherché, tout puissant.
L'épiscopal conseil s'efface devant moi,
Du chapitre je suis le mot d'ordre et la loi ;
Homme de volonté, non moins que de génie,
Sous mon règne il était une simple momie.
Le prélat n'a rien fait sans moi jusqu'aujourd'hui,
Et moi, le caressant, je faisais tout sans lui.
Mon avis bien souvent a différé du sien,
Mais son avis jamais ne différa du mien ;

Car il avait jugé que de rien se mêlant,

S'en rapporter à moi, c'était toujours prudent.

A lui profit, honneur, mais à moi la puissance,

De mes nombreux soucis bien juste récompense.

Disposant du prélat, disposant du conseil,

Fut-il à mon empire un empire pareil !

Ma foi, j'étais Évêque, en non point Grand Vicaire !

D'où suit que, sans appel, je traitais toute affaire,

Toute difficulté, par fois les arrangeant,

Mais par un certain art, souvent les embrouillant.

Car malgré le bon sens et l'esprit que j'avais,

Par l'effet des passions, souvent j'extravaguais :

Aux paroisses tantôt j'imposais un curé,

Et tantôt je chassais, de par ma volonté,

Un pasteur dévoué, de son troupeau chéri,

Généreux, bienfaisant, pieux, du ciel béni.

Son peuple désolé venait le réclamer,

Et moi, je leur disais : « Non, je veux le chasser,

» Il haït les comédiens, déteste les mouchards,

» Et se jette à l'encontre à travers les hasards ;

» Croit qu'un supérieur n'a pas toujours raison,

» Ose même parfois me faire la leçon ;

» Et pour ce curé là tant de gens en émoi,

» L'estimant un digne homme, un prêtre plein de foi !

» Et pour ce curé-là venir à l'Évêché

» Demander de quel droit il est si maltraité ?

» Fatiguant vos chevaux, et usant vos souliers !
» Allez tas de bandits, d'insurgés d'émeutiers : »
Et ces hommes disaient : « Ah! le vilain loulou !
» Oh ! il est soul, ma foi, si ce n'est qu'il soit fou ! »
A tort et à travers, je portai des défenses,
Créai des interdits, et lançai des suspenses,
Dans ces jolis factum que souvent j'écrivais
Pour témoigner à tous de mon peu de français.

On peut dire de moi, qu'en tout temps, en tout lieu,
On me vit indulgent pour le crime envers Dieu,
Pour l'offense envers moi, cruel, impitoyable.
Or, sachez qu'envers moi me paraissait coupable
Qui ne me louait point, qui ne me vantait pas,
Ou me désapprouvait dans grand nombre de cas ;
Comme qui me flattait était le bienvenu,
Et d'un beau bénéfice aimablement pourvu.

De venger ces forfaits je manquais rarement
Excité par l'orgueil me poussant ardemment.
C'est ici, c'est ici, qu'en ressources fécond
A défaut d'un moyen, j'en trouvais un second.
Pour punir l'innocent j'avais mille raisons,
Les prétextes toujours me venaient à foison.
Alors je croyais tout : ailleurs si défiant,
Si cauteleux, si froid, ici trop confiant
J'acceptais des badauds le plus drôle canard,
L'avalant beaucoup mieux qu'une tranche de lard ;

J'accueillais des mouchards les propos le plus sots,
Lorsque de ma colère ils augmentaient les flots.
  On me prête ce vœu, que je sus accomplir :
Me faire respecter, redouter, obéir.
Hélas que l'homme change au sein de la faveur !
Né de l'opposition, alors j'en eus horreur !
Sous moi l'autorité constamment eut raison,
Et jamais ne souffrit la contradiction.
C'est pour avoir raison que rien ne me coûtait,
C'est pour n'avoir pas tort que rien ne me pesait :
Envoyer en prison, retirer les pouvoirs,
Exposer l'innocent aux propos les plus noirs,
Le vexer, le flétrir, et sans plus de motifs
Scandaliser ainsi chrétiens, païens et juifs.
Périssent les pasteurs ! périssent leurs troupeaux !
Comme aux jours diluviens les humains sous les eaux !
Périsse vérité, disparaisse la foi
Qu'un seul prêtre plutôt n'ait pas tort avec moi !
Telle était ma devise, et de près comme au loin
J'aurais pour l'attester des mille et un témoins.
Au dire des malins ces amis du cancan,
Par là de *saint André* je conquis le ruban !.....
  Mais tout en punissant des prêtres la réplique,
Avec d'autres j'avais une autre politique :
Aux riches, aux puissants, aux graves magistrats,
A toutes les Grandeurs, à tous les Potentats,

A tout ce monde-là je parlais doucement,
Et savais avec lui reculer prudemment,
Réparer mes écarts, écouter la raison,
Et prendre à son égard une autre position,
A moins que mes passions fortement engagées
A lutter quelquefois, ne se vissent forcées :
Alors peu valeureux, contre lui je rusais
Et croyant le duper, souvent je me dupais.
Hors ces cas, avec lui je déclinais la guerre,
Fus ami de la paix plus qu'homme de la terre.
Ma volonté de fer, pour les gens de richesse,
Pour les gens de puissance était toute molesse !
Oh ! je savais leur plaire et non leur résister,
Et rien leur refusant, partout sacrifier
Et les droits des curés, et les droits de l'Église,
Tous les droits en un mot que le ciel autorise.
Étant donc pour le faible, irascible, arrogant,
Violent, emporté, dédaigneux, méprisant,
Et lâche avec le fort, il le faut bien comprendre,
J'écrasais les curés et n'osais les défendre.
    Toujours était bien fait tout ce que je faisais,
Tel était mon pouvoir : en maître je régnais !
Lorsqu'un gouvernement au soleil radieux,
Sur moi faisant tomber un rayon lumineux,
Vint prêter à ma gloire un éclat tout nouveau.
O nouvelle ! une mître !... Impérial cadeau !

A parler clairement, ainsi je gouvernais,
Lorsqu'au nom révéré du maître des Français,
Pour un siége vacant me voilà proposé.
Ne me demandez point comment j'y fus nommé,
Tout cela doit rester dans l'ombre enseveli,
Comme tous les secrets de *Vienne* et de Paris.

Sur moi, jusqu'à présent, ciel! quelle médisance!
Point de mal qu'on n'ait dit, et tout sans repentance.
Pendant bien des années, on s'est moqué de moi :
Voyez-vous, disait-on, qu'il pense bien de soi?
A la mître aspirer! chercher l'épiscopat!
Soient exaucés ses vœux, ô Dieu le fier prélat!
De ma nomination se répand la rumeur!
Et déjà les journaux me louent avec ardeur!
Et déjà les flatteurs qui m'offrent leur encens!
— Mais des prêtres surpris la masse de bon sens,
Jugeant qu'un évêché, n'étant pas la vertu,
N'est pas titre d'estime à l'heureux parvenu,
A ces adorateurs de tout soleil levant
Disaient : *vaut-il donc mieux après qu'auparavant?*

> Mais dans le diocèse
> Duquel je suis sorti,
> Chacun dise à son aise :
> Qu'il parte, Dieu merci,
> Qu'on dise blanc ou noir
> Du matin jusqu'au soir

Que l'on parle de moi soit en bien soit en mal
Me voilà maintenant des évêques l'égal.
En toutes choses juge, et père de la Foi
Dans l'Église de Dieu, moi, je ferai la loi.
Une crosse à la main, et d'une mître orné
Tous les jours du Seigneur au peuple prosterné,
Je vais distribuer ces bénédictions
Aux yeux des bonnes gens, du ciel précieux dons.

On me dira prince,
Oui, oui, vraiment prince !
On m'appellera Grandeur,
On m'appellera Seigneur !
Ayant des armoiries,
Marque des seigneuries.
Et pour que mon bonheur
Réponde à tant d'honneur,
J'aurai palais achevé,
Qu'on nommera l'Évêché,

Recevrai de l'État quinze beaux mille francs
Sans ce gros casuel aux prélats revenant.

J'aurai nombreux laquais,
Des repas à grands frais,
Chevaux, équipage,
S'il me plait un page,
Et cœtera
Et cœtera….

Tels furent mes hauts faits, mon beau vicariat,
Plus tard que dira-t-on de mon épiscopat ?
Secret de l'avenir, mais sans prophétiser,
Je crains, je crains beaucoup, puissé-je me tromper,
Que si dans... je laisse un jour mes os
Sur ma tombe un malin ne grave ces deux mots :
> *S'il y eut à mon trépas*
> *Grand deuil, larmes, douleur profonde,*
> *Non, ma foi, ce ne fut pas*
> *Pour le meilleur prélat du monde.*

Au sûr, moi je ressemble à certain Jean Lenoir,
Si je fais quelques vers, c'est bien sans le savoir.
> Pour peindre mon héros
> Et en chair et en os
> Il eut
> Fallu
> Douce poésie,
> Ou prose jolie,
> Et non des bouts-rimés
> Des poètes peu goûtés.

Mais sans chercher pourquoi, je vous dirai qu'en prose
Je n'ai pu m'exprimer ; des vers ! il faut la bosse !
> J'ai fait des bouts-rimés
> Beaucoup trop mal tournés !

Oh! soyez savetier

Si c'est votre métier !

A chacun son talent !

Donc j'en fais le serment,

Je parle désormais comme tout l'univers.

Toi qui laisses la prose et ne sais l'art des vers,

Muse des bouts-rimeurs, cesse de m'inspirer !.....

Je suis tout haletant !..... Il est temps d'arrêter.

FIN DU NOUVEL ÉVÊQUE.

Sceaux. — Impr. de Munzel frères.

POUR PARAITRE PROCHAINEMENT.

Pourquoi je suis Chrétien ou démonstration de la Divinité de J.-C., par F.-D. Munier.

Études sur la liberté, par l'abbé Saleur.

ŒUVRES DE BORDAS-DEMOULIN.

Le Cartésianisme ou la véritable rénovation des sciences, ouvrage couronné par l'Institut. Paris, 1843.

Mélanges philosophiques et religieux. Paris, 1846.

Les Pouvoirs constitutifs de l'Église. Paris, 1855.

ŒUVRES DE F. HUET.

Éléments de philosophie pure et appliquée. Paris, 1848.

Le Règne social du christianisme. Paris, 1853.

Essais sur la réforme catholique. La lecture de ce nouvel ouvrage qui a été rédigé collectivement par Bordas-Demoulin et F. Huet, et qui paraîtra en mai 1856, est utile, je dirai même nécessaire, à tout catholique qui veut s'instruire à fond sur la situation actuelle de l'Eglise.

Philalèthe ou la Religion de la bonne foi, 2e édition, suivie de l'Histoire de mon interdit, par F.-D. Munier. Mai, 1856.

Mémoire justificatif d'une victime de l'arbitraire Épiscopal adressé à tout homme de bon cœur et de bon sens, par l'abbé Saleur. Mai, 1856.

Un Portrait, par J.-B. Mai, 1856.

SCEAUX. — IMPRIMERIE DE MUNZEL FRÈRES.